TRIOLETS

SVR

LE TOMBEAV,

DE LA GALANTERIE,

ET

SVR LA REFORME

GENERALE.

M. DC. XLIX.

TRIOLETS,

SVR LE TOMBEAV
de la galanterie,

ET SVR LA REFORME
generale.

 Elles Infantes de Paris,
Que triste est la galanterie;
En repos en sont vos maris,
Belles Infantes de Paris;
Le petit Mignon de Cypris,
En pleure incessamment et crie;
Belles Infantes de Paris
Que triste est la galanterie.

Mars ayant exilé l'Amour
Des enceintes de cette ville;
Ennuyeux en est le sejour,
Mars ayant exilé l'Amour:
Vostre beauté n'a plus la Cour,
Vostre agréement est inutile,

Mars ayant exilé l'Amour,
Des enceintes de cette Ville.

Tous ses traicts les plus amoureux
Qui blessoient les plus insensibles,
Ils ne sont plus si dangereux
Tous ses traicts les plus amoureux;
Ils ne font plus de langoureux,
Leurs pointes ne sont plus nuisibles,
Touts ses traits les plus amoureux
Qui blessoient les plus insensibles.

Ces compliments, ces doux propos,
Dont vos amants flattoiët vos charmes;
Ils sont maintenant en repos,
Ces compliments, ces doux propos:
Les douceurs, & les petits mots
S'accordent mal auec les armes;
Ces compliments, ces doux propos,
Dont vos amants flattoient vos charmes.

La fleurette est hors de saison,
L'on ne parle plus que d'affaire,
Parler d'Amour c'est estre oison
La fleurette est hors de saison:

L'un

L'vn dit que la Reyne a raiſon,
Et l'autre Paris au contraire,
La fleurette eſt hors de ſaiſon
L'on ne parle plus que d'affaire.

Helas ! que viure eſt ennuyeux
Dedans de ſi faſcheuſes peines,
La mort me plairoit beaucoup mieux,
Helas ! que viure eſt ennuyeux;
Dites belles, Pleurés mes yeux
Et changés-vous en deux fonteines,
Helas ! que viure eſt ennuyeux
Dedans de ſi faſcheuſes peines.

Dans le caquet le plus galant
Le meilleur mot eſt de farine,
Et l'on parle de pain chalant;
Dans le caquet le plus galant,
Chacun n'occuppe ſon talent
Que pour combattre la famine,
Dans le caquet le plus galant
Le meilleur mot eſt de farine.

Vous aués fait ce Carnaual
Plus qu'en Careſme penitence,
Sans feſtins, ſans foire, & ſans bal,

B

Vous aués fait ce Carnaual:
C'est par ce maudit Cardinal,
Qui n'a point icy d'Eminence,
Vous aués fait ce Carnaual,
Plus qu'en Caresme penitence.

Auecque tous les passe-temps
L'allegresse est esuanouye :
L'on ne l'a point veu dans ce temps
Auecque tous les passe-temps;
On dira parmy nos enfants,
Comme chose toute inouye,
Auecque tous les passe-temps,
L'allegresse est esuanouye.

Des prodigues enfarinés,
Dont l'esprit gist en la despence,
Le credit a cent pieds de nés
Des prodigues enfarinés;
Vos plaisirs en sont ruinés
Par le defaut de la finance,
Des prodigues enfarinés
Dont l'esprit git en la despence

Belles Infantes vos amours
Ne se repaissent plus de bisque,

Ils emmaigriſſent tous les iours,
Belles Infantes vos amours ;
Si l'on ne vient à leur ſecours,
De ſe perdre ils courent grand riſque :
Belles Infantes vos amours
Ne ſe repaiſent plus de biſque.

Il faut noyer cét homme aux glans
Qui vouloit perdre noſtre ville,
Par luy vous perdés vos chalans ;
Il faut noyer cét homme aux glans ;
Par luy le meſtier des galans
Eſt vn meſtier bien inutile,
Il faut noyer cét homme aux glans
Qui vouloit perdre noſtre ville.

Si la Reyne ne fait la paix
Ne faut plus parler de vos charmes,
Il faudra coudre deſormais
Si la Reyne ne fait la paix :
Priés donc l'Amour que iamais
Paris ne reprenne les armes,
Si la Reyne ne fait la paix
Ne faut plus parler de vos charmes.

Les plaiſirs ſeront ſuperflus,

Adieu toute reſiouyſſance,
En commerce ils ne ſeront plus,
Les plaiſirs ſeront ſuperflus;
Faudra viure comme reclus
Dans la retraitte et l'abſtinence,
Les plaiſirs ſeront ſuperflus,
Adieu toute reſiouyſſance:

Sans bals ſeront tous les Hiuers,
Sans feſtins, & ſans maſcarades;
Les Printemps ſeront ſans pois vers,
Sans bals ſeront tous les Hiuers:
Les Eſtés ſeront ſans couuers,
Sans plaiſirs, & ſans promenades:
Sans bals ſeront tous les Hiuers,
Sans feſtins, & ſans maſcarades.

La belle & la douce ſaiſon,
Où Baccus eſpouſe Pomonne;
Et qui ſe nomme auec raiſon
La belle & la douce ſaiſon:
Deſormais ſur noſtre horiſon
Sans vendange ſera l'Automne,
La belle & la douce ſaiſon,
Où baccus eſpouſe Pomonne.

Que

Que demandront vos affiquets,
Si morte est toute l amourette,
S'i l'on ne voit plus de coquets,
Que deuiendront vos affiquets :
Que deuiendront tous vos caquets,
Si l'on ne chante plus fleurette :
Que deuiendront vos affiquets,
Si morte est toute l amourette.

Voftre beauté s'aiufte en vain,
A fes traicts l'on eft infenfible ;
Alors que l'on reffent la faim,
Voftre beauté s'aiufte en vain :
Auecque le defaut de pain
Tout amour eft incompatible :
Voftre beauté s'aiufte en vain,
A fes traicts l'on eft infenfible.

Dans le Cours ce temple d'amour,
On n'y fait plus de facrifices,
Vous n'y tenés plus voftre Cour,
Dans le Cours ce temple d'amour,
Mefmes tous les lieux d'alentour
Sont defpoüillés de leurs delices,
Dans le Cours ce temple d'amour
On n'y fait plus de facrifices.

G

L'Alemant *es* le Polonnois
S'ils vous y rencontroient, mes belles,
Ils vous baiseroient en François,
L'Alemant, *es* le Polonnois :
Vous les trouueriés plus courtois
Que les coquets dans vos ruelles ;
L'Aemant et le Polonnois,
S'ils vous y rencontroient, mes belles.

Ce grand *es* ce pompeux seiour
De toutes vertus *es* de vice,
Paris ne verra plus la Cour,
Ce grand *es* ce pompeux siour ;
Tant qu'on y battra le tambour
Autant perdra-t'il ses delices,
Ce grand *es* ce pompeux seiour
De toutes vertus *es* de vices.

Grands Dieux qu'on nomme si prudens
Par le support de tous les hommes,
Pour préuoir à tous accidens,
Grands Dieux qu'on nomme si prudens :
Que feront donc les faineants
En ce triste siecle où nous sommes ;
Grands Dieux qu'on nomme si prudens
Par le support de tous les hommes.

Ces adroits & souples esprits
Qui viuent par leur industrie,
Dedans ce temps ils font bien pris,
Ces adroits & souples espris :
Les plaisirs de Dame Cypris
Ne seruent plus de Metairie,
Ces adroits & souples esprits
Qui viuent par leur industrie.

Vous Violon & Comedien,
Et toute vostre aymable trouppe,
En ce temps vous ne gagnez rien,
Vous Violon & Comedien,
Si le temps dure il faudra bien
Faire vos festins d'vne souppe :
Vous Violon et Comedien
Et toute vostre aymable trouppe.

Vous qui viuez par le plaisir
Que produit vostre ministere,
Vous estes à present de loisir,
Vous qui viuez par le plaisir,
Autre employ vous deuez choisir,
Personne n'a de vous affaire,
Vous qui viuez par le plaisir
Que produit vostre ministere.

Par la seule necessité
De la bource l'argent se tire;
Quoy que Paris n'ait pas traité,
Par la seule necessité,
Et l'on faict auec liberté,
Ce qu'en autre temps eut fait rire:
Par la seule necessité
De la bource l'argent se tire.

Necessité force les loix,
Le cours maintenant est aux Hales,
L'on y voit gens de tous emplois,
Necessité force les loix :
Les femmes de nos vice-Rois
N'y sont pas les plus liberales;
Necessité force les loix,
Le cours maintenant est aux Hales.

L'on voit au marché le patin
Et le masque de Damoiselle;
Le poinct de Gennes, & le satin,
L'on voit au marché le patin;
Pour se guarantir du butin
Que la seruante fait sur elle;
L'on voit au marché le patin,
Et le masque de Damoiselle.

Rein

Reyne, qui penſiés nous punir
Par cette malheureuſe guerre,
La France vous en doit benir,
Reyne, qui penſiés nous punir:
Nous allons voir à l'auenir
Une reforme en cette terre;
Reyne qui penſiés nous punir
Par cette malheureuſe guerre.

Nous verrons regner le bon-temps
Et le meſnage de nos peres;
Que les François ſeront contens,
Nous verrons regner le bon-temps:
Pour moy ie l'eſpere & l'attens,
Comme le fruict de nos miſeres;
Nous verrons regner le bon temps,
Et le meſnage de nos peres.

De ſoy-meſme le Parlement
A commencé cette reforme
Il ſe corrige promptement,
De ſoy-meſme le Parlement:
Il faut que tout pareillement,
La France ſur luy ſe conforme;
De ſoy-meſme le Parlement,
A commencé cette reforme.

D

Ces iuftes & fages Cenfeurs
Que toute la terre contemple,
De Caton font des fucceffeurs,
Ces iuftes & fages Cenfeurs :
Ils doiuent pour former nos mœurs,
Nous donner le premier exemple,
Ces iuftes et fages Cenfeurs
Que toute la terre contemple.

Ils ont exilé de chez eux
Toute Financiere opulence,
Et ce qui fait des enuieux,
Ils ont exilé de chez eux;
Vn pauure, s'il eft vertueux,
Uaut mieux qu'vn fot dans l'abondance;
Ils ont exilé de chez eux
Toute Financiere opulence.

Nos Seigneurs iront au Palais,
Comme au temps paffé fur des mules,
Auecque vn Clerc & fans laquais
Nos Seigneurs iront au Palais:
Et s'ils ne fouffriront iamais
Ny des Armands, et ny des Iules:
Nos Seigneurs iront au Palais,
Comme au temps paffé fur des mules.

Chez eux on aura de l'accez,
Sans passer par le Secretaire,
Pour solliciter le procez,
Chez eux on aura de l'accez :
Quoy qu'ils ignorent ces excez,
De le sçauoir c'est leur affaire,
Chez eux on aura de l'accez,
Sans passer par le Secretaire.

Mes Dames leur chere moitié,
Ne trancheront plus des Princesses,
Elles auront tapy de pied,
Mes Dames leur chere moitié :
Mais ce sera sans marche-pied
En laissant l'estrade aux Duchesses,
Mes Dames leur chere moitié
Ne trancheront plus des Princesses.

Viure à la mode de la Cour
N'est pas chose bonne pour elles :
L'on ne doit point en ce seiour
Viure à la mode de la Cour :
C'est là qu'en son trosne l'Amour
Commande à baguette aux femelles :
Viure à la mode de la Cour
N'est pas chose bonne pour elles.

Cette pudique honnesteté
Qui faisoit l'honneur de nos meres,
Est en Cour vn nom inuenté,
Cette pudique honnesteté :
L'on y dit, qu'auec la beauté
C'est vn songe plein de chimeres,
Cette pudique honnesteté
Qui faisoit l'honneur de nos meres.

Ce qu'on nomme vn crime à Paris
En Cour ce n'est que bagatelle ;
Permis y sont les fauoris,
Ce qu'on nomme vn crime à Paris :
En Cour si l'on se fait maris
Iamais on n'espouse pucelle ;
Ce qu'on nommé vn crime à Paris
En Cour ce n'est que bagatelle.

Ce Ialoux, & non sans raison,
Qui fit chanter les Füeillantines,
En Cour il passa pour oison,
Ce Ialoux, & non sans raison :
Il deuoit de cornes foison
Souffrir, sans faire tant de mines,
Ce Ialoux, & non sans raison
Qui fit chanter les Fueillantines.

Par

Par leur sageße et leur vertu
Nos femelles feront des Anges;
On va voir le lucre abbatu,
Par leur sageße & leur vertu:
Allons, ma Muse, qu'en dis-tu?
Il leur faut donner des loüanges,
Par leur sageße & leur vertu
Nos femelles feront des Anges.

La galande occupation
De caquetter dans les ruelles
Fera de la confusion,
La galande occupation:
La maudite tradition
N'enseignera plus aux femelles
La galande occupation
De caquetter dans les ruelles.

Reftablißez dans voftre Eftat
Vne reforme toute entiere,
Auec l'amour du Potentat,
Reftablißez dans voftre Eftat:
Il eft en pitoyable eftat,
Et tout proche du cimetiere;
Reftablißez dans voftre Eftat
Vne reforme toute entiere

Ce Mareschal Surintendant,
Dont vn peu la taille est énorme,
C'est vn Ministre tres-prudent,
Ce Mareschal Surintendant:
Par vn merueilleux accident
Il a commencé la reforme;
Ce Mareschal Surintendant,
Dont vn peu la Taille est énorme.

Dessus la personne des Rois,
Il sçait qu'vn peuple prend modelle;
De reforme il estend les Lois,
Dessus la personne des Rois:
Car s'il a fait ieusner deux fois
Le nostre, c'est par vn bon zele;
Dessus la personne des Rois
Il sçait qu'vn peuple prend modelle.

Toutes nos Dames de Paris
Reforment leur coquetterie;
Et n'ayment plus que leurs maris,
Toutes les Dames de Paris;
Elles font gloire du mespris,
De toute leur affetterie;
Toutes les Dames de Paris
Reforment leur coquetterie.

Ce qu'elles font pour la vertu
Faictes-le pour la Politique;
Imitez d'vn zele afsidu,
Ce qu'elles font pour la vertu;
Elles ont tout luxe abbatu,
Vous chafseꝣ toute gent inique;
Ce qu'elles font pour la vertu,
Faictes-le pour la Politique.

Pour reformer ce grand fardeau,
Qu'aysément le Chancelier porte
Reine, fepareꝣ-en le Sceau,
Pour reformer ce grand fardeau:
Cela ne fera pas nouueau,
Sillery l'a veu de la forte:
Pour reformer ce grand fardeau
Qu'aysément le Chancelier porte.

Le bien eſt cheꝣ les Partifans
Et cheꝣ le peuple l'indigence,
Tous François en font déplaifans,
Le bien eſt cheꝣ les Partifans;
Que dira t'on, fi dans les ans
Qu'on compte dans vôtre Regence,
Le bien eſt cheꝣ les Partifans
Et cheꝣ le peuple l'indigence?

Par vn équitable reuers,
Leur fortune sera changée,
Et nous les verrons à l'enuers,
Par vn equitable reuers;
La France par eux mise aux fers,
De leurs larcins sera vangée,
Par vn equitable reuers,
Leur fortune sera changée.

Ces gros pourceaux si bien nourris,
Qui s'engraissoient dans la finance,
Ils vont estre bien amaigris,
Ces gros pourceaux si bien nourris:
Car ils rendront ce qu'ils ont pris,
Mesme peut-estre à la potence,
Ces gros pourceaux si bien nourris
Qui s'engraissoient dans la finance.

Tous ces beaux Palais enchantés
Bastis de vols & de rapines,
Ils ne seront plus habités
Tous ces beaux Palais enchantés;
Ils sont de toutes nos Cités
Esleués dessus les ruines,
Tous ces beaux Palais enchantés
Bastis de vols & de rapines.

Ces

Ces beaux ameublements exquis
Qui faisoient honte à ceux des Princes,
Ne pareront plus leur logis,
Ces beaux ameublements exquis :
On sçait bien qu'ils les ont acquis
Du sang de toutes nos Prouinces ;
Ces beaux ameublements exquis,
Qui faisoient honte à ceux des Princes.

Leurs tables vont changer de mets,
Adieu perdris, adieu becasses,
Vous n'y paroistrés plus iamais,
Leurs tables vont changer de mets :
Bien-heureux s'ils ont desormais,
Du pain bis dedans leurs besaces ;
Leurs tables vont changer de mets,
Adieu perdris, adieu becasses.

De monnoye & de Carolus
Toute la source en est tarie ;
Et tout ce flus & ce reflus
De monnoye, & de Carolus.
Le Parlement a le dessus ;
En retranchant leur volerie,
De monnoye, & de Carolus,
Toute la source en est tarie.

E

Ces gros Meſsieurs nés payſans
Parmy les ſabots & les gueſtres,
Deuenoient riches en deux ans,
Ces gros Meſsieurs nés payſans;
Plus Nobles que nos Courtiſans
Ces coquins vantoient leurs anceſtres;
Ces gros Meſsieurs nés payſans
Parmy les ſabots & les gueſtres.

Faudra prendre le bonnet vert,
Pour ſe garantir de la cage;
Si l'an reſſemble à cét Hyuer,
Faudra prendre le bonnet vert:
Ils pourront ſe mettre à couuert,
Par ce moyen de tout orage,
Faudra prendre le bonnet vert
Pour ſe garantir de la cage.

Quand on les renuoiroit tous nus,
Ce n'eſt pas leur faire iniuſtice,
Ils ſont de la ſorte venus,
Quand on les renuoiroit tous nus;
Leur oſter biens & reuenus
C'eſt pour eux le moindre ſupplice;
Quand on les renuoiroit tous nus
Ce n'eſt pas leur faire iniuſtice.

Grande Reyne, on l'attend de vous;
Cette reforme est necessaire,
Ce supplice est encor trop doux,
Grande Reyne on l'attend de vous:
De ces tigres deliurés-nous,
Quoy qu'on vous presche le contraire:
Grande Reyne on l'attend de vous,
Cette reforme est necessaire.

Quand au monde estoit vostre espoux
Vostre cœur sentoit nos miseres,
Vos yeux en pleuroient auec nous,
Quand au monde estoit vostre espoux:
Mais lors qu'on a recours à vous,
Vous estes sourde à nos prieres;
Quant au monde estoit vostre espoux
Vostre cœur sentoit vos miseres.

Leurs fortunes ils ont basti
De la France sur la ruine:
Par la maltotte, & le parti,
Leurs fortunes ils ont basti;
Pour eux Paris est inuesti
Pour vouloir punir leur rapine,
Leurs fortunes ils ont basti
De la France sur la ruine.

Par vn coup de voſtre equité,
Daignés retourner la medaille,
Changés leur luxe en pauureté,
Par vn coup de voſtre equité,
Et changés en proſperité
Tant de douleur qui nous trauaille:
Par vn coup de voſtre equité
Daignés retourner la medaille,

De faire vn chef-d'œuure parfait
Que voſtre bonté ſe diſpoſe:
Voſtre cœur ſera ſatisfait,
De faire vn chef d'œuure parfait,
Des veux pour vous la France fait:
Protegés-la dans cette cauſe,
De faire vn chef-d'œuure parfait
Que voſtre bonté ſe diſpoſe.

Le conſeil n'eſt iuſte, ny bon,
Qui fait craindre voſtre regence,
Il fait grand tort à voſtre nom,
Le conſeil n'eſt iuſte ny bon:
Vous vous ferués trop, ce dit on,
Comme voſtre eſpoux, d'Eminence
Le conſeil n'eſt iuſte ny bon
Qui faict craindre voſtre regence.

F I N.

www.ingramcontent.com/pod-product-compliance
Lightning Source LLC
Chambersburg PA
CBHW061732180626
46818CB00006B/2582